詩集

切り岸まで

紫野 京子

砂子屋書房

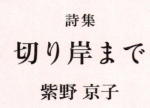

切り岸まで＊目次

I

詩集　切り岸まで

装本・倉本　修

I

青い鳥

その鳥が
ある一羽の鳥であることが
一目見ただけで判った
幸せを運び
平和を告げ
軽々と枝から枝へと飛び交って
現《うつつ》と夢を往還する

世界でただ一羽の
小鳥が梢に止まっていた

しなやかで儚い
夢の翼を届けたくて
手を伸ばしたのだが

盲いた私の魂は
闇を摑むばかりだった

海辺の美術館で

海辺の大きな樹の天辺で
鳶が高い声を上げた
ここにいる　ということを
誇示しているのか

此の岸辺にいない人たちを
今更ながら思い出して
ここにいる　ことと
ここにいない　ことの
違いを思う

それでもやはり
ここにいる　ことと
ここにいない　ことは
同じでもあり

私は既に此の岸辺ではなく
彼の岸辺にいる人たちのことを思う

そこから来て　そこへ帰る
私だけでなく　すべての人の
越し方　行末を思う

美術館の壁から
黒い絵の具で描かれた
線描の天使が海辺を見下ろしていた

人魚の夜

人魚が現れたのは
赤い蠟燭が灯る夜だった
たくさんのシクラメンの炎が
燃え立つなかで　私は
来ないものを待ち続けた

帰って来ない日々
帰って来ない時
帰って来ないひと

ゆく道が帰り道ではないことを
知った日から　ひとは
おとなになるのだろうか

もう子供には戻れないと
知った時から
ひとの心に　苦艾《にがよもぎ》と刺草《いらくさ》が
繁り始めるのか

遠い日々の思い出が
走馬燈に映し出され
どこからか聞こえて来る
かすかな歌声

静寂のなかに
ひとすじの道が続いている

雨の日は

雨の日は
心が内向きになる
どうにもならないことばかり
思い出す

届かなかったおもいが
宙に浮いている
生きている私だけが　ここにいて
自分を持て余している

雨の日は
青空を隠したまま

雨の日を好きだといった人がいた
時折思い出す　その人の眼差し
どこか遠くを見つめていた

あれは宇宙の果てを
見つめていた眼だと
今はわかる

そして同時に　自らの深い井戸を
覗いていたのだと

空の果てに

Ⅰ

空の果てに　その中心はある
みえない日輪　透明な花芯

相反する二つの世界が
おもうゆえに　繋がっている
振子の支点

降り止まぬ　雪
降り積もる　花びら

やがて堆く
地表を埋め尽くす

ひとりの飢えた子供
ひとりの脅えた男
ひとりの泣き叫ぶ女

おもうゆえに　距離は縮まり
今　眼前にその姿が現れる
ひとつの断念
ひとつの犠牲によって

II

黒い鴉は
極楽鳥の姿をしている

優しい兎は
針鼠の衣を纏っている

正しい眼と　過たぬ思考を持つために
過ぎ去る日々を　惜しんではならない

夜が暁に　その統治を明け渡すまで
幾つもの夥しい屍と哀歌を踏み越えて

黒い鴉は
極楽鳥の姿をしている

優しい兎は
針鼠の衣を纏っている

雨の日

Ⅰ

こんな雨の日は
いつも誰かがそばにいる
しかも見えない誰かだ

こんな気配を感じるのは久しぶりだ
目に見えるのは情念で
純粋な霊は見えないものだ

セラフィムやケルビム

大天使は姿を見せない
いつも気配があるだけだ

それでも存在は信じられる
見ることによってではなく
感じることで

Ⅱ

あなたがいた
確かにあなたがいた
あの日
信号待ちの人混みのなかで
風のように歩いて行った
気づいた時には
もう　いなくなっていた

Ⅲ

朴の木の花が咲く木陰で
あなたは微笑んでいた
あどけない表情で

あの日の　あの一瞬の
あなたは　もうどこにもいない

ある一瞬から　次の瞬間へ
時が　手渡された時から
そこに在ったものはかき消えてしまう
けれども　そのことに誰も気づかない

不在の場所

木枯らしが吹きすさぶ窓硝子に
映った木々が揺れている
たったひとりの夜更には
感じることができるあなた以外は　みな不確かで
触れることができるあなた以外は
すべて虚空に思えてしまう

言葉があると生きてゆける
と　思ったのは錯覚だったのか
積み重ねても積み重ねてもかたちにならず

捉えようとしてもつかみどころがない
吹きすぎてゆくもの　跡形もなく消え去るもの
現と心のはざまにたゆたっているもの

見えている部分ではなく
未知の内奥で求めているものがある
夜風に吹かれ　街燈に照らされながら
欠落した私の内なる子供は
土砂降りの雨のなかで震えて泣いていた

私はいつも求めていた
砂に書かれたひとつの文字を
水に書かれたひとつの言葉を
虚空に架ける橋はそれしかなく
私たちの果実もまた
未知の言葉でしかない

一本の枯れ枝が風に揺れている
不在の場所から　今日も私は
あなたを思い続けている

薔薇の光

それはいつも突然に
思いがけないかたちでやって来る
別れが訣れでないように
幾つかの別れが脳裡をよぎる
寄せる波　返す波
生きている鼓動
死はいつも私の周りにあった

今日も一つの死に出会う

夢の終わり
幾つかの涙と　慟哭

いつも死は
薔薇の光とともにある

幼い頃　駆け回った空地の
突き当りの館に
その生垣はあった

光の色のまぶしさに
私たちは思わず手を伸ばし
その花を手折った

それゆえに血を流した
棘の傷
不思議な甘さの痛みだった

館の主に追いかけられ
夢中で逃げた　ぬかるみの道

泥まみれになって帰ってきた手には
もうあの薔薇の光はなかった

そんなある日　呼び戻された私は
蒼白な顔の母と対面した
それが私の生まれて初めての記憶

母は彼岸からもう一度帰還したが
それからのち　私は再びその空地には行かなかった

記憶と夢

Ⅰ

橋の向こうへ
渡って行ったことはなかった
いつもその前に佇んで
まだ見ぬ風景に憧れている

枝垂桜の咲き続く
川のほとりを歩いてゆくと
ここがこの世であることを
忘れそうになる

II

陽のあたる食堂の窓際で
カナリアが鳴き続けていた
大正時代に建てられた古い洋館

庭の隅には鶏小屋があり
朝の食卓には産み落とされたばかりの卵が
エッグスタンドに置かれていた

畑で採れたばかりのトマトが
陽の明るさを映していた
焼き上がるまで歌い止まない
調子外れの旧式のトースター

トマトの嫌いな母も
生きるためにトマトを食べた
病臥するだけの日常を
誰かが「幸せな病人」と言ったことがある
母はその言葉に深く傷ついたのだが
そのことに気付いた人は誰もいなかった

Ⅲ

生暖かい春の宵に忽然と消えた母の生きた姿を
今に至るまで　夢のなかでさえ見たことがない
その雰囲気と言葉は思い出せるのに
その面立ちはどこまでも写真の顔でしかない
もうすぐ私は　母が消えた齢の
倍の歳月をこの世で過ごすことになる

それでもなお　欠落の思いをどこかで充たそうとする
夢を追い続け　実現しようとする
果たされた夢は　もはや夢ではないと思いながら

弟に

夜の沈黙のなかで
昼下がりの窓から見える
冬木立の梢を思う

私は戸惑っている
なぜ生きているのか
死んだ私がどうして生きてゆけばいいのか

小さな箱に入ったあなたは
風化した枝のように乾いた音を立てる

天の高みからか　あるいは
地の果ての極みからか

父母のいない歳月
ほとんど会わなかった日々でさえ
越し方のすべてを無言のうちに共有した

諦めるのでもなく　忘れるのでもなく
いつか私もまた　そこに行く岸辺で
待ってくれている人がいる――

それだけが慰めだと思い至った日から
ふたたび歩いて行けるようになった
彼岸も此岸も同じことだと知った時から

落ち椿

花のトンネルを抜けて
小さな溜池の畔《ほとり》に立つ
一本の紅椿の木の下で
落ちた花を繋いでゆく

幼い頃　前栽《せんざい》の茂みに隠れて
かくれんぼの鬼を待っていた
いつまでも来ない鬼を待ちながら
散り果てた紅い椿を見つめて

来なかったのは鬼だけではない
時もまた　止まったままだった
時は矢より速く
忘却の海に　雪崩れ込んでゆく

それでもあの頃　いつも傍にいた
小さな弟の姿が
瞼の裏に焼きついて
紅い椿の花飾り　繋げて編んだ

気　配

木曜日の夜　いつもあなたが来る
なぜかわからないけれど
眠っている私の横で　あなたの気配がする

朝の光のなかで触れた
逝った母の肩の石の硬さ
夢のなかで　土塊となって崩れた
亡父のからだ

生涯忘れられない事象が

忘れられないままに薄れてくる
時によってか　忘却によってか

人は忘れることによって
生きてゆけるのだという
目に見えるものは　すべて
少しずつ　遠のいてゆく

けれど　名付けられない何か
語り得ない何かは
消えることなく　心の奥底に
ひっそりと積もったままだ

生きている限り　それは
私と共に在る　在り続ける

メタモルフォーゼ

あなたが亡くなったことが
どんな意味を持つのか
ずっと私は考え続けてきた

それは抗議なのか　試みなのか
あるいは　委託なのか

より大きなものに抱かれることによって
無力さは　無限の可能性に
変化するのかもしれず

最も絶望的な懐疑は
大いなる信託になるのかもしれない
その転移は不可視なのかもしれず
あるいは末期の眼には映るのかもしれない

その時まで　知ろうとすることは
無用なのかもしれず
無知が救いなのかもしれない

すべての逆説と　メタモルフォーゼが
ついには統一のなかに埋もれ
すべての混乱と　困惑が
全き円環のうちに消滅する

この世の岸辺

いつも会えるということが
どんなに素敵なことか
若い頃の私は知らなかった

歳を重ねることで　はじめてわかることがある
此の世の岸辺で佇む時が　決して長くはないことを
喪うことを幾度も経験して　ようやく学ぶことが出来るのだ

私たちは過ぎゆくもの
とどまることなく　行き続けるもの

そして　跡形もなく消え去るもの

もう二度と会えないと思っていた
それでもあなたが祭壇の上で　人々のために祈る時
私もまた　その人々のなかの一人であることを感じていた
長い歳月の後　いつかまた
再び会うことが出来るということを信じながら

この世の果てには　違う世界があるのだと信じ
「死の六十分の一」を楽しんだ人が*
今は全円の眠りの淵に沈んでいる
その予兆に気付かなかったことに
今も私は深く傷ついている

出会いと別れの多くが
かなしみの色を纏っている

いつもあると思っていた時が
二度と帰らぬものであるということを
その手に再び戻らなくなってから思い知る

取り返しがつかない時のはざまで
それでもなお　私たちは喜びに充たされる
この世に生きているというだけで

それこそが逝ったひとたちの
何よりの願いだということを
かけがえのないものを失うことによって
初めて心に刻むのだ

＊ゾーハルの言葉「眠りは死の六十分の一」

空の向こうで

歩き慣れた町のはずなのに
ここに何が建っていたのか
今ではもう思い出せない

この世の果てに消えた
幾つもの　いのち

今　ここに生きていない人たちの
あたたかさ　ぬくもり　やさしさ　せつなさ

寄り添うことで
生まれるものがある
光と影のあわい

空の向こうで亡くなったひとたちが
私を見ている
哀しい顔をしている人は
一人もいなくて
皆一様に微笑んでいる

逝った人との距離も
星との距離に似ているのか

今年もその日が来る
たくさんの人がみな等しく
この日を決して忘れることはない

共に歩いた人達の笑顔
優しいまなざしや声
夢の中や思い出の中だけでしか
会い見ることが出来ない

そのことが生きている限り
消えない痛みとともに
心に刺さっている

「なぜ?」というヨブの問いが
それら　すべてのひとの心に
巣食っている

夜のバス

夜更け　真っ暗な街を
一台のバスが走る

車の中だけが明るい
吊り輪も　窓枠も　座席も
はっきりと浮かび上がる
乗客はひとりもいない

壊れ果てた街は
闇の中に沈んで

見ることはできない

確かに　あの車両に
乗っているものがある
気配だけを乗せて
一台のバスが行く

誰も見えない何かが
今日もバスの中をさまよっている
壊れた街を巡りながら

取り残された私は
ただ　見つめるだけ
朝が来るまで　ずっと
走り続けるバスを

岸　辺

あなたが手を差し伸べて
誘う岸辺は
見知らぬ夢の匂いがする

朝になったら消えてしまう泡を
こんなにも大事に抱きしめる

それは　ひとが逝った翌朝の
涙と　いたみに　似ている

今はもう　掌のなかにない
言葉では言い表せない
愛しさ　優しさ

音のないメロディが
かすかに響いてくる

白糸草の波が揺らぐ
忘れることに抗うことが
摂理に背くとでも言うように
白い風は宥めつづける

この流れの前に佇むと
この世なのか彼岸なのか
もはや判らなくなる

月夜に

満月の夜に
あなたはどこかの軒端に
嬰児として生まれるだろう

月夜に舟を浮かべて
その赤子を探すために
漕ぎ出そう

この宙の果ての　どこか遠くで
あなたは再び生きている

そんな空想に縋って
あなたの不在に耐えている

ひとり遺されて　老いてゆく私に
みどりごの微笑みは眩しい

明け遣らぬ空の下
小鳥たちが囀りだす

あなたのしずけさ

I

沼のなかに沈んだように
その静かな動揺が
永劫のように思えた

天の国のやすらぎよりは
昏い六道を経廻る方が望みだった

あなたなしの光よりは
あなたと共にある闇の方が

愛しかった

湖面に揺れる光の影
沙羅の花が落ちる
一日さえも危うい今
この時だけが信じられる

その一瞬だけが永遠だと
信じていられた

それすらも今はもう　枯野のかなた
幻の姿さえ摑めない

今　ここにしかいられない
存在の哀しさ

Ⅱ

時はすべてを霧の彼方に
連れ去ってゆく

いのちの果てに
抱いてゆけるものは何なのか

思い出は消えない
記憶も消えない

けれどなぜか
すべては霧に包まれている
いつか水が流れ込んでくる

あなたを想う度に

今でも胸の奥に痛みが走るのに
もはや　ときめきは消え失せた
未来への期待と　望みも今はない

懐かしさと入り混じった苦味が
いつも心を浸す

諦めと　過ごさなかった日々への
愛惜の思いが寄せて来る

季節が途端に
促促と過ぎてゆく

せせらぎ

独りでいることが多くなって
虚ろな瞬間を　感じることに気付いた頃
この世の時が　いつか砂となって
崩れ始めていることも　知り始める

失くしたものが二度と戻らないことだけが
心に　痛い
言葉にならないまま　立ち尽くして
堪え難さに耐えている

仔猫のぬくもりだけが
今　感じるすべて
私はかつて佇んだ
せせらぎ　に飢えている

II

空を飛ぶ蛇

空を飛ぶ蛇があってもいい
地を這う季節は終わり
より高く　宙を舞って

どこからが雲なのか区別がつかない
黒い影が通り過ぎると
突然の通り雨

虹のかたちになりたくて
どこまでも昇ってゆく

船出

霧が晴れるのを
待たないことにした
重いかたまりを　風船のように
空に放り投げる

絶望　という二文字
世界がまっしぐらに　突き進んでいく破壊
知らない間にどこかにあたって
青黒く色が変わった脛が

何だか世界地図のように見えてくる
不安と　懐疑の塊のように
羅針盤の針が小刻みに震える
二千五百年前に漂着した無人島に向かって
再び　舵を取る

堕天使のように

硝子窓から冷んやりと夜気が流れ込み
欄の彫刻の金色の羽がうっすらと形をあらわす
昨日の終わり　今日の終わり
明日の終わりが　命終につながる

堕天使のように
この世にいることも居心地が悪く
かといって
翔び立つこともできない

虹すらも
大地が壊れる前兆に過ぎない
深夜の救急車のサイレンに
犬の遠吠えが唱和する

感じることも薄くなって
そのせいか此の世に生きていることも
夢なのか　現なのか
定かではなくなってきた

残っているのは　かつて生きてきた
固有のならわしと　性癖
この世に繫ぎ止めるものは
もはや一匹の仔猫でしかない

ひとりと　ひとりが

孤独というなら
ひとりと　一匹も
そう変わりはない

優しいぬくもりと
ほんの少しの媚でさえ
生きているものの愛しさとして
翼の影に　ただ包まれている

青空のかけら

幼い時からずっと
青空のかけらを探している

樟の樹の　風に撓る
柔らかな枝葉のあいだ
泰山木の　厚い葉の重なりの隙間

すぐそこにあるのに
消えてしまう光の儚さ
草の匂いの立ち込める

朝露に濡れた庭の片隅に
落ちている明るみ

そのどれもが探しているもののようでいて
どこからか　否という声が聞こえる

生きることの　愛しさと柔らかさ
探し続ける　この世の秘密と　夢

夏の庭で

真夏の日差しを避けて
石燈籠のなかで
野良猫がお昼寝

風が吹くと
ゆらゆらと合歓の木が揺れる
薔薇色の糸のような花びらがかがやく

影もない真昼
蟻だけが乾いた地面を這う

枝垂れ桜の緑の葉の下影で
蓮はひっそりと
咲くための準備をしている

生きている今だけを
生きものたちは繫いでいる

生きものたちの庭

草を抜いて　一緒に袋に放り込んでしまった幼虫たちが
揚羽蝶と　立羽蝶に　羽化して
眠る前の暗闇に　何度も何度も現れる

何万羽の蝶の羽が　どこまでも拡大してゆく
無限大の万華鏡になって——

いつのまにか　庭中に増殖する
スミレ　菫　すみれ

菫が好きだった弟の魂が　花を咲かせるのだろうか
緑のハートは　どこまでも広がり続けた

揚羽蝶の誕まれるのは　蜜柑の木
菫をゆりかごにしているのは　豹紋蝶
それゆえに菫が増えてゆくのだと知って
私のノスタルジーは　吹っ飛んでしまった

これまで苦手だった虫たちが
庭仕事の合間に出会うようになってから
なぜか近しいものになり
路地を翔びまわっている蝶を見ると
うちの子供たちだと　思うようになった

生きて動くものしか食さない
オーロラを身に纏った蜥蜴は

今ではもう　姿を見せることはない

薄暗い土のなかで　ひたすら眠り続け
短い夏に透けるように　飛ぶ生きものに変わってゆく
蜩の声も　今年は聞くことができなかった

大地震のあと　川底が割れて
手に余るほどの亀が　花壇に湧出したり
門前の石段に　大きな蛙が座っていたり

今はもう　そんな時は夢のように過ぎ去り
ただ野良猫が　塀の上で居眠りし
雀が　草の実を啄ばんでいるばかり

花の蔭

花の蔭には何かが隠れている
この世にあって
この世にない何か

緑深まる雨上がりの午後に
見えないままに
よぎってゆくものがある

気配だけを感じて　振り返ると
ただ沈黙だけが　辺りを包む

出会いの予感に
いつも心躍らせながら
小径を歩く

けれど今日もまた
会えない虚しさに
心を浸すばかり

いつか会える時があるのだろうか
幼い時から待っていた
心ときめくその瞬間に

そうして待ち続ける時だけが
堆く積ってゆく

花の言葉

Ⅰ

いちりんの花に優る　言葉はない
それでもひとは　伝えたくて言葉を探す

こころをどうすれば
言の葉に載せられるのか
見えないものを見えるものに
変換する装置はどこにもなくて

見えるものはただ黙って

その色をあらわす
かたちを提示する

こころから　かたちへの距離
それは筆を取って一本の線を引く時に
少しずつ露わにされるのか

ならば固い蕾の花弁が
ひとひら　ひとひら開くときに
花のこころは現れるのか

見えないものが　気配となって
そのものの辺りに漂い
色やかたちになるのだろうか

II

今眼前にあるかたちが
この世にある限り
危うい均衡で存在を語っている

花よ　鳥よ
木々の葉擦れよ

天も地も等しく茜に染まり
海の果てまでも雪崩込む
夕陽の祝祭

宵闇の朧のなかへ
やがてそのかたちは霞んでゆく

泣きたくなるほどの黄昏に身を委ね
立ち尽くす　幾許かの時
有限の時の水際に佇む影も
いつかその朧のなかに沈んでゆく

生きていることは
死にゆくことに　支えられている

伝えることは

伝えたいと思う　けれど同時に
伝えたくない　独りだけの思い
わかってほしいと思いながら
誰にもわからないとうそぶく

言葉はいつも　靄につつまれている
言葉は飛ぶ　消える
そして　いつのまにか舞い戻って
その固有の持ち主のもとに留まろうとする

影のような言葉よ
生きている限り　もう一つの私であるもの

一晩降り続け　今朝は溶けてしまった雪
そんな儚さと　留まり続ける強靭さ

虚と実の間でゆらぐもの
どんな緻密な組み立ても
不可視の穴を　塞ぐことはできない
私であって　私でないもの

飛び散った羽　こぼれた水
粉々になった　ステンドグラス
溶けてしまった流氷

饒舌と沈黙のはざまで
伝えることは
永遠の謎

草　絮

こんな明るい陽射しの日には
草絮が空高く飛んでゆく
小さな光となって
どこに辿り着くかもわからないまま

もし人間ならば　多分　胸をドキドキさせて
瞳を輝かせて　期待でいっぱいになって

望むことは大切なことだ
望み続けている限り

いつか思いのままに
飛んでゆくことができる
夢みた地に辿り着くことができる

そんな子供の夢を
そのまま信じてもいいような気になって来る
白い　ふわふわの　生きもののような
ひかりのなかに消えてゆく
棉毛をいつまでも見つめていると

宇宙

街の真只中
とりどりのライトが灯るなかに
杳い宇宙が存在する

下弦の月の真上に
金星と木星が並び
その周りの宇宙の闇が
都会に漂っている

こんなに近いのに

手を伸ばせばすぐに触れるように見えるのに
何億光年の果ての光が
地球の今を照らしている

冬の庭

枯枝に一つだけ
小さな林檎が残っている

風花が舞う
冬一番の木枯らしが
駆け抜けてゆく

オリオンが上り始める
リゲルが頭上に輝いても
眠れない夜

去年の春
爛漫の桜が咲いていた枝で
枯葉が風に吹かれている

誰もいない冬のテラスのテーブルで
ちいさなガラス瓶に挿された
水仙が匂っている

いちりんの三色菫だけが
黒土の庭を彩っている

喪った季節が
悲しみを纏って漂っている
枯れ果てた庭の中空に

時の足音

春の嵐に　舞い散る葉
庭の片隅で　雨に濡れ
黒みを増す枝から
颪の中に　ふと匂う花の香り

そんな颪に　日常のはざまで
いちばん先に　やさしさを感じるのは
からだ

かなしみを　最初に知るのは
こころなのに
それはどこか知らない

昏い深みにあって

窓を持たない小部屋に
ひっそり閉じ籠っている
けれど同時にからだのどこかに触れ合う時に
不意に目覚めるものがある

梔子《くちなし》の花びらの厚みに
すぐそこまで来ている夏の光が宿る

聞こえない蟬の声が中空に
響いているような気がして
辺りを見回す

白い花の香りにつつまれ
まだ来ていない時の足音を探している

風

いつも風の音がしていた
古い家の硝子戸から
前栽《せんざい》を眺めた幼い時にも

木下闇の　梔子《くちなし》の香り
ヒマラヤ杉の梢に
置き忘れられた陽

それらを一瞬のうちに
さらってゆく　風の

見えない手
嵐の夜更には
胸が高鳴る

扉を叩くものの気配
遠く呻いているものの声が
待っているものの存在を
思い起こさせる

ずっと風の音がしていた
はじめて記憶が刻まれたときから
人が生まれ　死んでゆく
同じリズムで

かつて訪れた南太平洋の島でも

椰子の葉を揺らし
スフレの花*を散らし
風は通り過ぎていった

無垢であるよりも
透明でありたいと
ふと思うことがある

限りある日々のなかで
歩き続け　駆け続け
この世の果てまで
風の自在を　探している

*スフレの花　タヒチの海岸で岩を通り抜けて海水が吹き上げ、飛沫になって飛び散る状態を言う。その海岸の名前にもなっている。

風の音

腕を回しても届かない
太い幹の泰山木の樹々
ざわざわと　音立てて
揺れる　背高い樟の木

緑があふれ
生きものたちが充ちていた

囀り止まない　目白
蜥蜴《とかげ》を追いかける　縞蛇

陽の落ちた空を旋回する　蝙蝠《こうもり》
季節毎にやって来る
鶯や　四十雀　百舌鳥

幾万の小鳥たちが
一斉に鳴き始める夜明け

私たちの夢の国は
暁にその領土を明け渡す
そして夢は　希望に変わるはずだった

ざわざわと　風が渡ってゆく音が
さらさらと　かすかな葉擦れの音が

突然の強い風に　折れてしまった幹の

生々しい樹の肌
飛び去った鳥は再び枝に戻らなかった

ひとすじの川の流れが
白く光る真昼の空に
やわらかな雲が浮かんでいた

川底に光る小石はみな
丸く磨かれ　滑らかな曲線のながれ
波の優しさがたゆたっていた

懐かしい山里と　小川の景色
落ち葉の敷き詰められた湿った彩《いろどり》の道

はらはらと散り果てる桜の樹が
太い黒い幹を見せて

元の地にどっしりと立ち続ける場所
夢を抱きながら　突然断たれた
時と　いのちの無念さ

夢は無念の思いに変わり
断たれたいのちを心に刻む

逝った人は心のなかで生きつづけ
風のなかで囁き続けるのだ

　ざわざわと　風が渡ってゆく音が
　さらさらと　かすかな葉擦れの音が

心の庭

私たちはみな
心のなかに　庭を持っている

時には小鳥が囀り
水溜りで水を浴び
風のなかで
木々の葉擦れが聞こえる

私たちは　未来と過去の
はざまに立ち

今在ることを　ゆるされている

多くの喪ったものたちが　その庭を訪れ
時には後悔を連れてやってくる
いや　後悔ではない
むしろ慚愧の思いだ

今ここにしかいられない
私たちの有限
常に選択の一つでしかない
私たちの生

たとえば一人のひとと
共にいるとすれば
その他のひととは
共にいられない不思議

私たちはみな
孤りとして生き
独りとして死ぬ

昔は朽ちてゆくことが怖かった
無くなることが怖かった
しかし今頃になってようやくわかる

朽ちてゆく方が自然なのだ
空無のなかに帰ってゆくことこそ
風になり　光になること
限りなく自由になることなのだ

それは無くなることではなく

大地とひとつになることであり
すべてになることなのだ

切り岸まで

この世の果てには
いのちの切り岸があって
知らず知らずのうちに
私たちはそこへ向かって
歩いてゆく

時には蜉蝣《かげろう》の羽の広がりに包まれ
またある時には重低音のメロディが響き
さらには風花が舞っていた

この世には見えない函があって
決して開けることが出来ないまま
ひっそりと置かれている
私たちは気づかぬままに
その函を探し続けている

手を伸ばせば
すぐそこに届くのに
誰も気づかず　通り過ぎてゆく

触れてほしくてたまらないのに
透明な函のかなしさよ
私はここ　と叫んでいても
風の音　雨の音しか聞こえない

落日のあと

落ちてゆく陽は
山の稜線を浮き彫りにする
暮れてゆく大気のなかに
ひとつずつ　灯りが点る

光の窓にある
それぞれの時と　幸い
肩を寄せ合って
生きている人たちの

仄かな明るさ
消してはならない
壊してはいけない

やがて　空にも
明かりが点る

リゲル　アルデバラン　デネブ　……

暗い空を見上げて
見えない星を探す
あまりに遠すぎて
光は届かない
けれど　確かに存在する
ひとつの星

指呼する先には
遥かな暗黒の星雲が広がり
この星の涯の果てまで
歩んでいったその先には

懐かしい明日と　夢見る過去と
ただ佇むだけの今日がある

流転の螺旋が
無限の彼方にまで続いている

月光のなかで

I

心は　旅立とうとする
遠い北の国の森の彼方
昇る月と　落日が
ともに映る湖のほとりへ

白樺の葉擦れのなかで
ただ佇んでいる幸せもあるということを
初めて知った日のやすらぎのために

凪いだ凪に　波音もしない静けさ
ひたひたと　寄せる波の優しさを感じて
森も湖も　ひとしく黄昏につつまれ
やがて闇が　湖畔の小舟を消し去ってゆく

II

月の光を浴びて
心は　青い魚になる

遠い昔の　水の記憶
底のない淵に沈んで盲いた
それゆえに鮮烈な　水泡の感触

月の雫のなかで

生きていることだけがすべて
と　感じることができるまで
銀柳のそよぎのなかへ
心を　置き去りにする

夜

夜の底に孤り　沈んでいると
不可視こそ　救いだと思えてくる
聞こえない足音　聞こえない呼び声
喪失の海の深さ
窓一つで隔てられた　外と内
此岸と彼岸
生まれ生まれ　死に死んで*

なおも続く　生きものたちの祝宴
今日も菫の花は増殖し続ける
それはメタモルフォーゼを続ける
立羽蝶のせいなのか

この世の裏に　もう一つの世界が開ける
暗い大地から　眩い光の束が
灰色の雲から　煌めくオーロラのゆらめきに
あるいはさみしい夜の暗闇から
聞こえてくるかすかな旋律に

暗黒の底から響いてくる声がある
生きることも死ぬことも同じだといい

悲しみと喜びもまた等しく
無であることがまた有でもあると

空高く上がった花火が
消え果てたのちの闇に思う

夜は終わりではなく
はじまりの予兆

不可視こそ　眼の上の眼
今夜もまた
なくした夢の　夢を見る

＊空海『秘蔵宝鑰』の言葉より

階

階を上ると
明るい光に満ちて
海が見えた

そこだけ　空を切り取ったように
四角い空間が広がり
どこまでも透き通って

そのまま　果ての果てまでも
歩いて行けるような気がした

ジェームス・タレルの空を
ふと思い浮かべて
あの時も海があったと
「青」を懐かしく思い出した

それが空の青か　海の青か
わからなかった
ただ　どこまでも突き抜けて
透明だった

きっと心もこんな色をしている
でも透明って何色かしら
重ねても　重ねても
どんな色にもならない　こころ

ここにいることと
あそこにいることが
そんなに変わりはないような気がした

どこにでもあって　どこにもない
私は在って　私はない

あとがき

この詩集は前詩集『風の芍薬《ピオニア》』に入れなかった若干の詩篇と、その後の五年間に創作した詩篇を編んだもので、「惟」「季」「嶺」「something」「詩と思想」などに掲載したものです。

一冊の詩集が生まれる度に、生きている私は昨日と変わらずこの身に留まり、これまでと同じ道を辿っているにもかかわらず、眼の前には新たな見知らぬ地平が広がっているような思いが致します。行く方知れずの道を前にして、いつも畏れとときめきを覚えるのですが、その一瞬を、また持ち得ることが出来たことは大きな喜びです。その途上の道を歩み続けることこそが、永遠に繋がるのだと信じております。

ひとは一人では生きてゆけず、私も多くの方に支えて戴いたからこそ、今を迎えているのだと感じております。皆様からのこれまでの多くのご厚情に心から感謝申し上げます。
最後に詩集の上梓にあたって、いろいろご指導戴き、細部に亘ってお心遣いを賜りました砂子屋書房の田村雅之様に心より御礼申し上げます。有難うございました。

二〇一五年八月八日

紫野京子

著者略歴

紫野　京子（しの　きょうこ）
一九四七年一〇月二四日生
一九九五～二〇〇七年「貝の火」編集・発行（1～16号）。
二〇〇七年～「惟（ゆい）」編集・発行（1～6号）。
日本現代詩人会、日本詩人クラブ、他会員。「季」「嶺」会員。

著書
一九八一年　詩集『心のなかの風景』　花神社
一九八八年　詩集『虹と轍』　月草舎
一九八八年　句集『陽と滴のかけら』　月草舎
一九九〇年　詩集『死の影の谷間』　花神社
一九九〇年『紫野京子詩集』（選詩集）　近文社
一九九二年　詩集『夜想曲』　花神社
一九九四年　詩集『ナルドの香油』　花神社
一九九九年　詩集『火の滴』　月草舎
二〇〇〇年　エッセイ・評論集『夢の周辺』　月草舎
二〇一〇年　詩集『風の芍薬（ピオニア）』　月草舎

詩集　切り岸まで
二〇一五年一一月八日初版発行
著　者　紫野京子
神戸市須磨区板宿町二―四―二〇　武貞方（〒六五四―〇〇〇九）
発行者　田村雅之
発行所　砂子屋書房
東京都千代田区内神田三―四―七（〒一〇一―〇〇四七）
電話〇三―三二五六―四七〇八　振替〇〇一三〇―二―九七六三一
URL http://www.sunagoya.com
組　版　はあどわあく
印　刷　長野印刷商工株式会社
製　本　渋谷文泉閣